de como o mulato
porciúncula descarregou
seu defunto

Copyright © 2008 by Grapiúna Produções Artísticas Ltda.
Copyright das ilustrações © 2008 by Andrés Sandoval

Projeto gráfico Kiko Farkas e Mateus Valadares/Máquina Estúdio

Cronologia Ilana Seltzer Goldstein e Carla Delgado de Souza

Preparação Isabel Jorge Cury

Revisão Carmen S. da Costa e Ana Maria Barbosa

Os personagens e as situações desta obra são reais apenas
no universo da ficção; não se referem a pessoas e fatos concretos,
e não emitem opinião sobre eles.

Dados Internacionais de Catalogação na Publicação (CIP)
(Câmara Brasileira do Livro, SP, Brasil)

Amado, Jorge, 1912-2001.
   De como o mulato Porciúncula descarregou
   seu defunto / contado por Jorge Amado e visto por Andrés
   Sandoval; comentários de Mariana Amado Costa e José Eduardo
   Agualusa. — São Paulo : Companhia das Letras, 2008.

   ISBN 978-85-359-1349-1

   1. Ficção brasileira I. Sandoval, Andrés.
   II. Costa, Mariana Amado III. Agualusa, José Eduardo.
   IV. Título.

   08-10248   CDD-869.93

   Índice para catálogo sistemático:
   1. Ficção: Literatura brasileira 869.93

Diagramação Máquina Estúdio

Papel Pólen Bold

Impressão e acabamento Geográfica

[2008]
Todos os direitos desta edição reservados à
EDITORA SCHWARCZ LTDA.
Rua Bandeira Paulista 702 cj. 32
04532-002 – São Paulo – SP
Telefone (11) 3707 3500
Fax (11) 3707 3501
www.companhiadasletras.com.br

de como o mulato
porciúncula descarregou
seu defunto

CONTADO POR JORGE AMADO
VISTO POR ANDRÉS SANDOVAL
COMENTÁRIOS DE MARIANA AMADO COSTA E
JOSÉ EDUARDO AGUALUSA

COMPANHIA DAS LETRAS

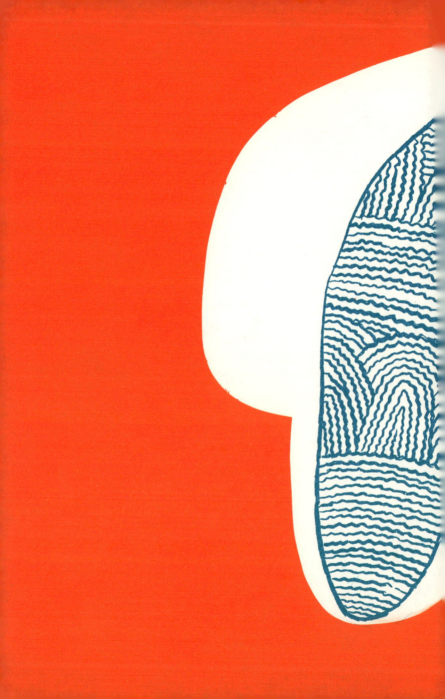

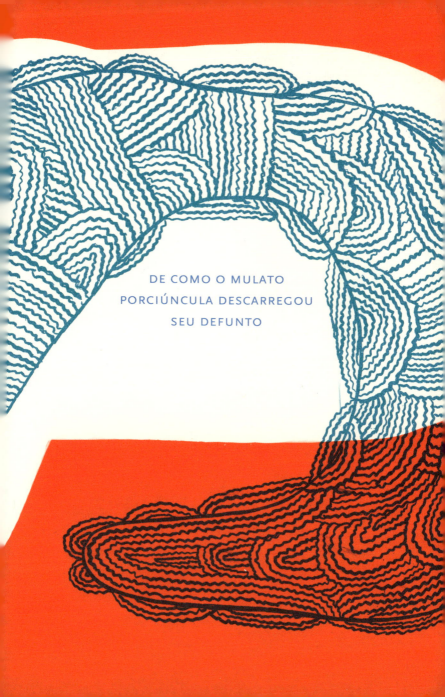

DE COMO O MULATO
PORCIÚNCULA DESCARREGOU
SEU DEFUNTO

Gringo aportara ali há muitos anos, era calado e loiro, nunca vi ninguém gostar tanto de cachaça. Dizer que emborcava a branquinha como se fosse água não é vantagem, pois isso todos nós fazíamos. Deus seja louvado!, mas ele podia passar dois dias e duas noites mamando garrafas e não se alterava. Não dava para falador, não puxava briga, não cantava canções de outros tempos, não vinha recordar seus desgostos passados. Caladão era, caladão ficava, só os olhos azuis se apertavam, cada vez mais miúdos, uma brasa vermelha dentro de cada vista, queimando o azul.

Contavam muitas histórias sobre ele, algumas tão bem amarradas que dava gosto escutar. Tudo por ouvir dizer, porém, pois da boca do Gringo nada de certo se sabia, boca trancada, não se abrindo nem nos dias de festa gorda, quando as pernas ficavam como chumbo de tanta cachaça acumulada nos pés. Nem mesmo Mercedes, cujo fraco pelo Gringo não era segredo para nenhum de nós, curiosa como ela só, jamais conseguira arrancar sequer um dado preciso sobre a tal mulher que o Gringo matara em sua terra e sobre o homem por ele perseguido anos a fio, por lugares sem conta, até lhe enfiar a faca no bucho. Quando ela perguntava, nos dias de cachaça maior que o respeito, o Gringo ficava olhando ninguém sabe o quê, com seus olhos miúdos, olhos azuis, de repente rubros, apertadinhos, e articulava um som como um grunhido, de duvidosa significação. Essa história da mulher com dezessete facadas nas partes baixas, nunca consegui saber como veio parar ali, entupida de minúcias, e mais o caso do moço patrício dele, perseguido de porto em porto, até o Gringo lhe enfiar a faca, a própria com que matara a mulher com as dezessete facadas, todas nas partes baixas. Não sei mesmo, pois, se ele carregava esses mortos consigo, nunca quis se aliviar da carga, nem quando, de tão bêbado, fechava os olhos e as brasas vermelhas caíam no chão, bem nos pés da gente. E olhem que morto é carga pesada, já vi muito homem valente largar seu fardo até em mão de desconhecido quando a cachaça aperta. Quanto mais dois defuntos, mulher e homem, de faca no bucho... O Gringo nunca arriou os dele, por isso tinha as costas curvadas, do peso, sem

dúvida. Não pedia ajuda, mas por ali contavam o acontecido com minudência e era até
uma história bem engraçada, com seus pedaços para rir e seus pedaços para chorar, como
deve ser uma boa história.

Mas não é nenhum caso do Gringo que
quero contar agora, isso fica para outra vez,
mesmo porque exige tempo, não é com uma
cachacinha besta — sem querer ofender os
presentes — que se pode falar do Gringo e
desenrolar o novelo de sua vida, desfazer as
meadas do seu mistério. Fica para outra vez,
se Oxalá permitir. Não hão de faltar ocasião
nem pinga, os alambiques estão trabalhando
dia e noite para quê?

O Gringo só entra aqui como quem diz de
passagem, pois veio, naquela noite de chuva,
nos recordar estarmos nas vésperas de Natal.
Coisas lá da terra dele, onde Natal é festa de
arromba, mas não aqui, nada a comparar-se

com as festas de São João, começando nas de Santo Antônio e emendando nas de São Pedro, ou com as águas de Oxalá, a festa do Bonfim, as obrigações de Xangô, meu pai, sem falar na Conceição da Praia (aquilo é que é festa!). Porque festa aqui não falta, nem a gente precisa ir pedir de empréstimo a forasteiro nenhum.

Ora, o Gringo lembrou o Natal mesmo na hora em que Porciúncula, aquele mulato da história do cachorro cego esmoler, mudou de lugar e sentou-se no caixão de querosene, cobrindo o copo com a palma da mão para defender a sua cachacinha da voracidade das moscas. Mosca não bebe cachaça? Os distintos me desculpem, mas só dizem essa bobagem porque não conheceram as moscas da venda de Alonso. Eram umas viciadas, doidas por uma pinga, metiam-se copo adentro, provavam sua gotinha e saíam voando, zunindo como besouro. Não havia jeito de convencer Alonso, espanhol cabeçudo, de dar fim às desgraçadas. Ele dizia, e não deixava de ter razão, que comprara a venda com as moscas, não ia agora desfazer-se delas com prejuízo, só porque gostavam de provar um bom parati. Não era motivo suficiente, disso gostavam também seus fregueses todos e não ia despedi-los.

Não sei se o mulato Porciúncula trocou de lugar para ficar mais perto da luz da placa de querosene ou se já levava a intenção de contar a história de Tereza Batista e de sua aposta. Naquela noite, como eu já expliquei, faltara luz em todo aquele pedaço de cais e Alonso acendera a placa resmungando. Vontade ele tinha de nos botar para fora, mas não podia. Estava chovendo, uma dessas chuvinhas cabronas que molham mais do que água benta, penetram na carne e nos ossos. Alonso era um espanhol educado, aprendera muita educação num hotel onde fora moço de recados. Por isso acendeu a placa e ficou fazendo suas contas com um toco de lápis. A gente falava disso e daquilo, xingava as moscas, pulava de assunto, matando o tempo como podia. Até quando Porciúncula mudou de lugar e o Gringo grunhiu aquela besteira sobre Natal, qualquer coisa sobre neve e árvores iluminadas. Porciúncula não ia deixar escapar uma ocasião daquelas. Enxotou as moscas, engoliu a cachaça, anunciou com sua voz macia:

— Foi numa noite de Natal que Tereza Batista ganhou a aposta e começou vida nova.

— Que aposta? — Se a intenção de Mercedes era animar Porciúncula com a pergunta, nem precisava abrir a boca. Porciúncula não era de precisar esporão, nem se fazia de rogado. Alonso largou o toco de lápis, encheu os copos novamente, as moscas zuniam, convencidas de que eram besouros — umas bêbadas! Porciúncula emborcou a branquinha, temperou a garganta, começou sua história. Esse Porciúncula era o mulato mais bem-falante que eu conheci, o que é muito dizer. Tão cheio de letras, tão da maciota, que, não se sabendo de seus particulares, podia-se pensar ter ele alisado banco de escola, quando outra escola não lhe dera o velho Ventura senão a rua e a beira do cais. Era um sabiá para contar um caso e, se ele amolecer na minha boca, a culpa não é nem do acontecido nem do mulato Porciúncula.

Porciúncula esperou um pouco até Mercedes se acomodar no chão, apoiada nas pernas do Gringo, para melhor ouvir. Aí explicou que Tereza Batista só apareceu no cais depois do enterro da irmã, umas semanas depois, o tempo de a notícia chegar onde elas viviam, seu tanto longe. Veio para saber direito do acontecido e ficou. Parecia com a irmã, mas era uma parecença só de cara, de fora, não de dentro, pois aquele jeito de Maria do Véu nenhuma outra teve, nem nunca terá. Foi por isso que Tereza ficou toda vida Tereza Batista, com o nome com que nasceu, sem ninguém achar necessário mudar. Enquanto isso, quem, algum dia, se lembrou de chamar Maria do Véu de Maria Batista?

Mercedes, perguntadeira, quis saber quem era, afinal, essa tal de Maria e por que do Véu.

Era Maria Batista, irmã de Tereza, explicou Porciúncula com paciência. E contou que apenas Maria chegara por ali e logo todo mundo só a tratara de Maria do Véu. Por causa daquela mania de não perder casamento, de olho arregalado para os vestidos de noiva. Essa Maria do Véu foi muito falada na beira do cais. Era uma boniteza e

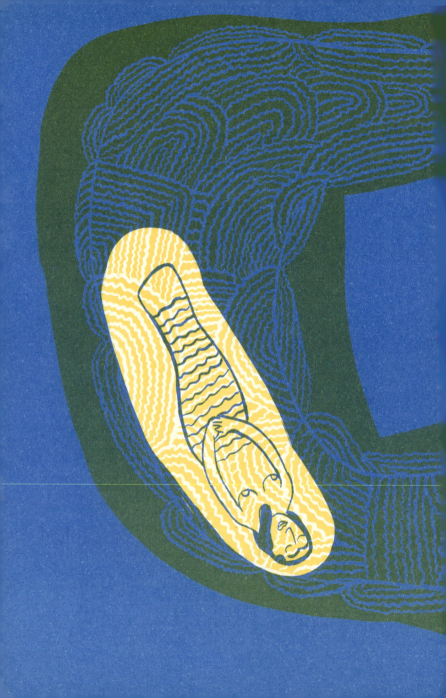

Porciúncula, todo cheio de letras, dizia que ela semelhava uma aparição vinda do mar, à noite, quando rondava no porto. Ficara tão do cais, como se ali tivesse nascido, quando, em vez disso, veio foi do interior, vestida de molambos e ainda com a lembrança das pancadas. Porque o velho Batista, seu pai, não era de pilhérias e, quando soube do acontecido, que o filho do coronel Barbosa tinha tirado os três da bichinha, ainda verdinhos que nem araçá azedo, virou fera, agarrou o cajado e deu nela de tirar bicho. Depois botou ela pela porta afora, não queria mulher-dama em sua casa. Lugar de mulher-dama é em rua de canto, lugar de perdida é em rua de perdição. Assim dizia o velho, baixando o porrete na menina, cheio de raiva, de raiva e de dor, ao ver a filha de quinze anos, bonita como uma sereia, já sem os três, sem outra serventia senão para prostituta.

Foi assim que Maria Batista virou Maria do Véu e terminou vindo pra capital, pois lá na terra dela, um fim de mundo, não havia outro futuro na carreira de meretriz. Quando chegou, andou batendo a cabeça de um lado pra outro, terminou aportando na ladeira de São Miguel, tão menina ainda, que Tibéria, dona do castelo onde ela arriou a trouxa, perguntou se ela pensava que ali era escola primária.

Muitos dos particulares do acontecido antes e depois, Porciúncula soube da boca de Tibéria, pessoa do maior respeito e a melhor dona de casa de rapariga que já teve na Bahia. Não é por ser ela minha comadre que louvo sua conduta, ela não precisa disso, quem não conhece Tibéria e não respeita seus predicados? Gente boa está ali, mulher de uma só palavra, coração de doce-de-coco, ajudando meio mundo. No castelo de Tibéria é tudo uma família só, não é

cada um por si e Deus por todos, nada disso. É tudo na harmonia, é tudo uma família unida. Porciúncula era muito do coração de Tibéria, pessoa da casa, sempre enrabichado por uma das meninas, sempre pronto a consertar um cano de água, a mudar as lâmpadas queimadas, a tapar as goteiras do telhado, a botar pra fora, com um pontapé na bunda, qualquer ousado metido a besta que faltasse ao respeito. Pois foi Tibéria que lhe contou tintim por tintim, e assim ele pôde desenvolver sua história do começo até o fim sem tropeçar em nenhum pedaço. Ele se interessou tanto, porque, mal batucou os olhos em Maria, ficou perdido por ela, num xodó desses sem remédio.

Maria, assim que chegou, ficou logo sendo a caçula da casa, nem tinha ainda dezesseis anos, muito mimada por Tibéria e pelas mais velhas, que a tratavam como filha, enchendo a bichinha de dengos. Até uma boneca lhe deram para substituir a bruxa de pano com que ela brincava de noivado e casamento. Maria do Véu fazia a vida pelo cais, gostava de espiar o mar, coisa de gente do interior. Apenas a noite ameaçava e já ela, fosse luar ou chovesse, chuva fina ou temporal, andava pelas bordas do mar, esperando freguesia. Tibéria ralhava com ela se rindo: por que Maria não ficava no castelo, bem só seu, vestida com sua bata florada, esperando os ricaços, doidos por uma menina novinha assim como ela? Podia até arranjar um protetor rico, um velho que se embeiçasse, e aí seria a boa vida, regalada, sem precisar dormir com um e outro, à razão de dois ou três por noite. No castelo mesmo, sem ir mais longe, tinha o exemplo de Lúcia, visitada uma vez por semana pelo desembargador Maia, que lhe dava de um tudo. Até um emprego de porteiro arranjara para o folgado do Bercelino, xodó de Lúcia. Tibéria se admirava também de Maria não corresponder a Porciúncula, o mulato se roendo de paixão pela menina, ela dormindo com uns e com outros, menos com ele. Com ele andava de mãos dadas por Monte Serrat, olhando o mar, ou bem ia ao lado dele, num dengue de namorada, quando a gente saía para uma peixada num saveiro, em noite de lua. Contando ao mulato os casamentos que tinha assistido, a beleza do vestido de noiva, o comprimento do véu. Mas, na hora de deitar pra fazer o que é bom, nessa hora ela dava boa-noite, deixando Porciúncula sem jeito, abobalhado.

Assim mesmo Porciúncula contou naquela noite de chuva, quando o Gringo recordou o Natal. Por isso eu gosto de caso narrado por ele: o mulato nem pra se beneficiar torce o acontecido. Bem podia dizer que tinha comido ela, e muitas vezes até. Era isso que todo mundo pensava, tanto eles tinham sido vistos juntos na beira do cais. Podia ter-se gabado, mas, em vez disso, contou mesmo como tinha sido e pra muitos de nós não foi surpresa. Maria deitava com um e com outro, se animava na hora, não era que não gostasse. Mas depois de terminado, terminado estava, nem queria conversar. Gostar mesmo, desse gostar sem fim, de xodó doendo de sofrer por não ver, etc. e tal, ah! ela nunca gostou de nenhum. A não ser que tivesse gostado do mulato Porciúncula, mas, então, por que nunca dormiu com ele? Ficava com ele sentada na areia, metendo os pés dentro d'água, brincando com as ondas, espiando o fim do mar que ninguém consegue enxergar. Quem já viu o fim do mar? Algum dos distintos? Desculpem, mas não creio.

Quem estava enrabichado era mesmo o mulato Porciúncula, não passava noite sem procurar Maria na beira do mar, espiando seu requebrar, nela querendo naufragar. Assim mesmo ele contou, nada escondeu, e ainda então o xodó lhe doía, amolecia sua voz. Por isso de estar enrabichado que nem um cachorro sem dono, farejava tudo que era notícia de Maria do Véu, e Tibéria andou lhe soprando umas coisas no ouvido. Foi assim que ele foi desfiando o enredo, botando os andaimes da história de Maria até o caso do enterro.

Quando o filho do coronel Barbosa, moço estudante bem-apessoado, tirou os tampos de Maria, nas férias, ela não tinha completado os quinze anos, mas já botara corpo e peito de mulher. Mulher só de vista, por dentro menina ainda, brincando o dia todo com uma bruxa de pano, dessas de duzentos réis na feira. Arranjava retalho de fazenda, cosia para a bruxa vestido de noiva, com véu e tudo. Dia de casamento na igreja daquele fim de mundo, e lá estava Maria espiando, de olho grudado no vestido da noiva. Só pensava no bom que era vestir um vestido assim, todo branco, com véu arrastando e flores na testa. Fazia vestidos para a bruxa, conversava com ela e todos os dias arranjava-lhe um casamento, só para vê-la de véu e grinalda. Com todos os bichos do terreiro casou a bruxa, sobretudo com a galinha velha e cega que era ótima para noivo porque não saía fugindo, ficava acocorada na sua cegueira, obediente. Ora, quando o filho do coronel Barbosa disse a Maria: "Você já está boa para casar, menina. Quer casar comigo?", ela respondeu que sim, se ele lhe desse um véu bonito. Coitadinha, nem pensou que o moço estava falando língua de doutor, e casar, na língua dele, elevada, era comer-lhe os três na beira do rio. Por isso

Maria aceitou assanhada e ficou esperando até hoje o vestido de noiva, o véu, a grinalda. Em vez, ganhou a surra do velho Batista e, quando o caso se soube, o nome de Maria do Véu. Mas não perdeu a mania. Expulsa de casa, não havia casamento que ela não fosse espiar, agora escondida na igreja, que meretriz não tem direito a se misturar em casamento. Quando o moço Barbosa, o mesmo que lhe tinha feito o favor, se casou com a filha do coronel Boaventura, casamentão falado!, ela lá estava para ver a noiva tão linda, uma fidalga, vestido igual nunca se vira, feito no Rio, rabo de meio quilômetro, véu tapando a cara, todo bordado, coisa de assombrar. Foi então que Maria arribou para esse cais e aportou no castelo de Tibéria.

Diversão para ela não era cinema, nem cabaré, dança, botequim com cachaça, passeio de barco. Era só casamento para espiar o vestido da noiva. Cortava retratos de revistas, noivas de véu, anúncios de lojas com vestidos de casar. Tudo pregado na parede de seu quarto, noivas e noivos, padres, cortejos. Com retalhos, sobras de fazendas, vestia de noiva a nova boneca, presente de Tibéria e das outras. Uma menina, tão ainda menina que dizia louquinha a Tibéria: "Um dia há de chegar e eu visto um vestido desses". Riam dela, puxavam pilhérias, diziam dichotes, ela não mudava.

Por esse tempo, o mulato Porciúncula abusou de esperar. Cansado de bancar besta, andando de dedo agarrado, ouvindo conversa na beira do mar. Todo homem tem seu orgulho, ele viu que era sem jeito, era muito sofrer, não estava para morrer de xodó, que é a morte pior de todas. Se voltou para Carolina, mulatona de peso que vivia lhe arrastando a asa. De Maria do Véu se

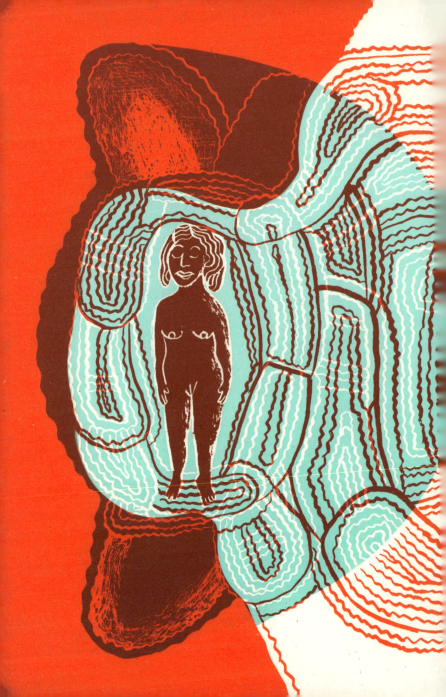

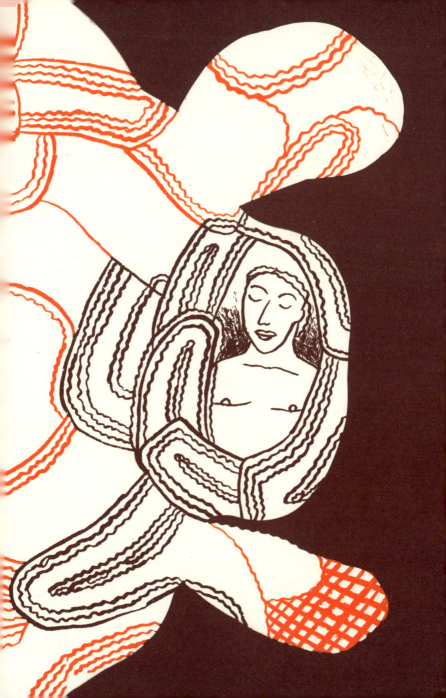

curou com umas cachaças e com as risadas da Carolina. Nunca mais quis conversa.

Naquele pedaço, Porciúncula pediu mais cachaça, no que foi atendido. Alonso dava a vida por um caso bem contado e o caso estava chegando quase ao fim. O fim foi naquela gripe de uns anos atrás que baqueou meio mundo. Maria do Véu caiu com febre, era fraquinha, não durou quatro dias. Porciúncula só soube da notícia com ela já morta. Ele andava arredio, negócio de umas perseguições que lhe fizeram por causa de um tal Gomes, barraqueiro em Água de Meninos, doido por um jogo de bisca. Ora, cortar baralho com Porciúncula era jogar dinheiro fora. Gomes jogou porque quis, fez mal em se queixar depois.

Estava Porciúncula deixando amainar o temporal, quando o recado de Tibéria o alcançou, pedindo pressa, Maria estava chamando de urgência. Quando ele chegou, ela tinha morrido na horinha mesmo. Tibéria explicou o pedido feito na agonia da morte. Ela queria ser enterrada de vestido de noiva, com véu e grinalda. O noivo, dissera, era o mulato Porciúncula, estavam para se casar.

Era um pedido mais doido, mas era pedido de morto, não tinha remédio senão satisfazer. Porciúncula perguntou como ia arranjar um vestido de noiva, compra custosa, e o comércio, de noite, fechado. Achava difícil, mas não foi. Pois não é que o mulherio todo, do castelo e da rua, cambada de bruacas, cansadas da vida, não era que estavam virando costureiras, cosendo vestido de véu e grinalda? Num instante se juntou dinheiro pra comprar flores, pano arranjaram, renda não sei onde, arranjaram sapato, meia de seda, luva branca, até luva branca! Uma cosia um pedaço, outra pregava uma fita.

Porciúncula disse que nunca viu vestido de noiva igual àquele, de tão bonito e de luxo, e ele sabia o que estava dizendo, pois nos tempos do seu xodó com Maria andou espiando muito casamento, já vivia até enjoado de tanto ver vestido de noiva.

Depois vestiram Maria, o rabo do vestido saía da cama, rolava no chão. Tibéria veio com um buquê e pôs nas mãos de Maria. Noiva tão linda nunca houvera, tão serena e doce, tão feliz na hora de casar.

Agora, junto da cama, sentou-se Porciúncula, era o noivo, tomou da mão de Maria. Clarice, uma que tinha sido casada e o marido a largara com três filhos para criar, tirou, chorando, a aliança do dedo, recordação dos bons tempos, entregou ao mulato. Porciúncula, devagarinho, colocou-a no dedo da morta e olhou o seu rosto. Maria do Véu estava sorrindo. Antes não sei, naquela hora estava sorrindo, assim contou Porciúncula, garantindo ademais que não estava bêbado naquele dia, nem tinha tocado em cachaça. Tirou os olhos do rosto tão lindo, espiou pra Tibéria. E jura que viu, viu de verdade, Tibéria virada em padre, envergando aquelas vestimentas todas de abençoar casamentos, com corda e tudo, um padre gordo, com jeito de santo. Alonso encheu os copos novamente, nós emborcamos.

Por aí parou o mulato Porciúncula, não houve jeito de lhe arrancar nem mais uma palavra da história. Já tinha descarregado em cima de nós seu defunto, tinha se aliviado do fardo. Mercedes quis ainda saber se o caixão tinha sido branco, de donzela, ou preto, de pecador. Porciúncula somente suspendeu os ombros e enxotou as moscas. Sobre Tereza Batista, a aposta que ela ganhou e a vida nova começada, nada disse. Também ninguém perguntou. Por isso não posso contar, não sou de falar do que não conheço bem conhecido. O que posso fazer é contar a história do Gringo, pois essa conheço como todo mundo do cais. Se bem não seja história para cachaça medida como esta, com o perdão dos distintos. É história para cachaça comprida, de noite de chuva, ou melhor, para uma viagem de saveiro, em noite de lua. Ainda assim, se quiserem, posso contar, não vejo inconveniente.

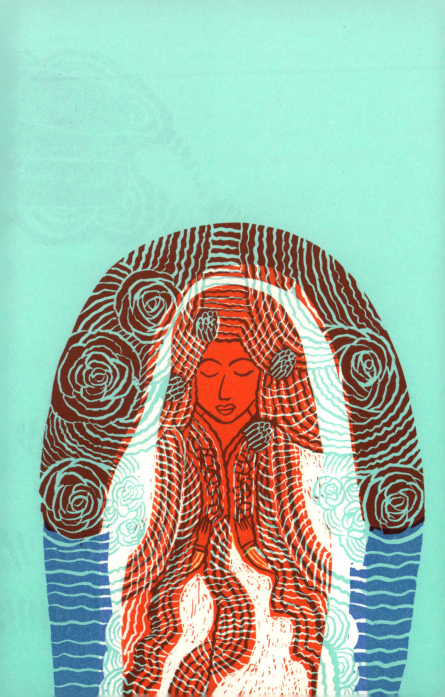

Costas vergadas

MARIANA AMADO COSTA

A história do mulato Porciúncula, assim como a novela *A morte e a morte de Quincas Berro Dágua*, que lhe é coetânea, foi escrita e publicada na revista *Senhor*, do Rio de Janeiro, em 1959. Ao contrário de *Quincas*, que ganhou mundo e foi adaptado para palcos e telas, o conto permaneceu pouco conhecido, com circulação bastante restrita, em parcas e modestas edições. Em 2004 foi publicado no livro *Cinco histórias*, editado pela Fundação Casa de Jorge Amado.

Jorge tinha este conto em grande estima e o desenvolveu num dos principais episódios de *Os pastores da noite*, romance de 1964. Há aqui — como também em *Quincas* — o embrião de alguns dos personagens de *Pastores*, além de dois de seus principais cenários, o armazém de Alonso e o castelo de Tibéria. A história foi retomada para os personagens Otália e cabo Martim, sendo mantida sua essência, a idéia da mulher que é ao mesmo tempo prostituta e pura, de coração romântico. No final de *Os pastores da noite*, para despistar a polícia que o persegue, o cabo Martim vai para a ilha de Itaparica e passa a nomear-se sargento Porciúncula. Foge da polícia, mas também daquela moça tão sem jeito que só a ele não se entrega, do desejo reprimido, do amor doído. Ao contrário do que ocorre no conto, o cabo nunca arriou seu carrego. Após o belo e estranho casamento, enterrada Otália, passou a andar com os ombros curvados sob o peso da noiva morta.

Uma curiosidade deste conto é a referência a Tereza Batista, nome lançado ao leitor como uma provocação, uma promessa de mais prosa em torno a garrafas de cachaça. Anos depois da publicação desta narrativa, notabilizou-se na obra do escritor a figura da protagonista de *Tereza Batista cansada de guerra*, publicado em 1972. Muitos personagens de Jorge Amado transitam por diferentes histórias, tornando-se em alguns casos presenças quase obrigatórias, como acontece com o saveirista mestre Manuel e sua mulher, Maria Clara. Neste caso, porém, não há relação explícita entre as duas Terezas. Aquela cuja vida guerreira foi esmiuçada com força e poesia em obra toda a ela dedicada não é a irmã de Maria do Véu, apesar de praticar, durante parte da vida, o mesmo ofício. Em Cajazeiras do Norte, Tereza, a do romance, foi criada por sua tia Felipa desde os nove anos, quando ficou órfã de pai e mãe, e pela tia foi vendida aos treze anos incompletos para o capitão Justo. A Tereza deste conto, por sua vez, cresceu na casa do velho Batista, seu pai, num interior indeterminado, um fim de mundo.

Principal tema a conduzir a narrativa, o peso de carregar a morte nas costas é recorrente na obra do escritor. Jorge assistiu, em menino, à luta selvagem pela ocupação das terras na zona cacaueira, tendo vivido em meio a jagunços e coronéis, homens que não temiam matar ou morrer — a coragem era considerada uma das principais virtudes de um legítimo grapiúna. Aventureiros vindos de toda parte para tentar a fortuna rápida na colheita do fruto dourado do cacau por vezes tombavam pelas estradas por um nada, uma aposta de compadres sobre para que lado o infeliz cairia ao receber um tiro, uma cisma, ciúme, ou por representarem estorvo para os planos de outros, grandes ou pequenos senhores rurais. A vida não valia dez réis de mel coado. Era, porém, tudo o que se tinha, em meio a condições de carência extrema: a mata hostil, o trabalho extenuante, as epidemias e as doenças endêmicas, a falta de leis e estruturas sociais que oferecessem a mais tênue noção de justiça.

Em *Terras do sem-fim*, os Badarós e o coronel Horácio da Silveira travam uma luta sangrenta pelas terras da mata do Sequeiro Grande. Sinhô, o patriarca dos Badarós, tem um homem de confiança, o negro Damião, que nunca errou um tiro. Enquanto aguarda na varanda as ordens para mais um serviço, o negro escuta o patrão discutir com o irmão. A pergunta, dirigida a Juca Badaró, cala fundo no coração do capanga: "Tu acha bom matar gente? Tu não sente nada? Nada por dentro? Aqui?". Damião tem o coração bom e o pensamento simples. Nunca pensara no mal que causava ao derrubar um vivente. Mas lembrando das palavras de Sinhô Badaró, começa a sentir o peso das mortes que cometeu. A dor que toma conta de seu coração é tão grande que o negro não agüenta e, na escuridão da mata, perde o juízo.

Já Zé do Lírio, pistoleiro do livro *O sumiço da santa*, com mais de vinte homens tombados em sua folha de serviço, pede perdão a Deus por uma única morte: mau fisionomista, confundiu um pobre coitado com o tal que lhe fora encomendado. Acredita que os outros que despachou certamente alguma culpa tinham no cartório, mas com o engano cometido na feira de Caruaru ganha um defunto no cangote. Por este, até missa manda rezar.

Em *Jubiabá*, o babalorixá que dá nome ao romance fala a um grupo de homens sobre o olho da piedade e o olho da ruindade — outro tema que aparece repetidamente na obra do escritor —, quando um negro troncudo se atira a seus pés e conta que, no desespero da sede, matou o amigo que o havia carregado nas costas na travessia do sertão. O personagem tem uma aparição relâmpago, seu papel no livro é justamente mostrar o quanto a morte que pesa sobre a consciência é um fardo difícil de levar, a ponto de o camarada não suportar e deitá-lo ao chão diante de desconhecidos. Recuperando o fardo que arriou momentaneamente, o negro levanta e vai embora, mas o grupo ali reunido sabe que ele não vai sozinho, que leva consigo o cadáver do amigo morto.

Mesmo Tereza Batista — a do romance —, moça de integridade e generosidade desmedidas, em certo ponto da história precisa descarregar seus defuntos. Quando, após tantos anos de guerra, finalmente reencontra seu grande amor, o mestre de saveiro Januário Gereba, ela lhe diz: "Sabe que eu matei um homem? Era ruim demais, só merecia a morte mas até hoje carrego ele nas costas". Juntos, os dois descarregam o finado no mar. Mas ainda há mais: "Um homem morreu dentro de mim, na hora mesmo. Não sei se para os outros ele foi bom ou mau, para mim o melhor homem do mundo, marido e pai. Levo a morte dele nas entranhas". Janu do bem-querer dá rumo também a este: "Se morreu naquela hora, então está no paraíso, foi direto. Quem morre assim é protegido de Deus. Largue o corpo do justo com as arraias, se livre da morte dele, mas guarde tudo de bom que ele lhe deu".

Como no caso de Tereza com seu amante, ou no do mulato Porciúncula, nem sempre o peso da morte decorre de um assassinato, de crime cometido com as próprias mãos. Por vezes o peso provém da estima por aquele que faltou, da responsabilidade diante do sentimento. O Gordo, personagem de destaque em *Jubiabá*, rapaz sensível e bom, muito religioso, após ver uma menina ser atingida por um tiro e em vão tentar salvá-la, passa a andar pela cidade de braços estendidos, como se a carregar a criança, a aconchegá-la em seu peito. Também ele, a seu modo, carrega o peso da morte.

São tantas costas doridas, vergadas por cadáveres derrubados em mortes dramáticas, por ser tão alto o valor da vida. Vida de gozo, de amor, de luta, de festa, de dor e de alegria, nas loas do escritor. Jorge Amado não doura a pílula das figuras que cria. Afirmava, brincando, que seus personagens não possuem a profundidade freudiana que reclamam alguns críticos. São, no entanto, pessoas de sentimentos complexos, e mesmo o personagem mais vil e egoísta pode ter alguma doçura, sofrer e amar como outro qualquer. O autor não inventa falsos sentimentos, não distribui remorso e culpa onde isso não existe. Mas olha para suas criaturas com o olho do humanismo bem aberto.

A grandeza das pequenas vidas

JOSÉ EDUARDO AGUALUSA

Jorge Amado foi, com Eça de Queirós, a minha primeira grande paixão literária. Seguiram-se muitas outras, naturalmente, mas suspeito que sem José Maria, de um lado, e Jorge, do outro, eu não seria nem a mesma pessoa, nem, sobretudo, o mesmo escritor. Imaginem um adolescente tímido, nascido e criado no planalto central de Angola, numa cidade nova, costurada a custo no coração de África. Imaginem-no agora numa casa cheia de livros. Naquela época — meados dos anos 70 — os livros eram para mim pequenas janelas abertas para o mundo. Tirando o cinema, nem havia outras. No Huambo não tínhamos televisão, e a internet só se tornaria popular vinte anos mais tarde.

Com José Maria descobri o poder da ironia; com o seu Fradique Mendes aprendi que a ficção pode namorar gostosamente com a realidade — e transformá-la. Jorge, esse deu-me o Brasil. Mostrou-me a mim, e a várias gerações de escritores africanos anteriores à minha, que nos era possível construir uma literatura com base no nosso próprio mundo. Ao explorar literariamente o riquíssimo universo crioulo da Bahia, Jorge Amado abriu caminho — sem o saber — aos seus irmãos escritores do outro lado do mar. Amado foi, nesta acepção, o primeiro grande ficcionista africano em língua portuguesa.

A maioria dos escritores angolanos, moçambicanos e cabo-verdianos reconhece a importância de Jorge Amado na sua obra, e alguns souberam prestar-lhe homenagem. Estou a lembrar-me, por exemplo, de Pepetela, que num dos seus romances mais conhecidos, *Os predadores*, dá a um dos personagens o nome de Nacib: "Tinha nascido na altura em que a televisão angolana transmitia pela primeira vez uma telenovela, *Gabriela*. [...] Por causa do carinho dispensado à obra estava combinado há muito na família: se nascesse menina se chamaria Gabriela. Nasceu rapaz e ficou Nacib, podia ser de outra maneira?".

Numa entrevista ao *Jornal do Brasil*, publicada a 20 de maio de 2000, aquele que é o mais lido dos autores angolanos, e um dos mais traduzidos, explica melhor a sua relação com Jorge Amado: "Comecei a ler Jorge Amado aos quinze anos. Quando cheguei à idade da razão, já tinha lido muitos livros seus. Sem dúvida alguma foi um dos primeiros autores que me abriram os olhos para uma série de coisas, de uma realidade que no fundo não era tão longínqua da minha. O nordeste brasileiro tem muitas semelhanças com Angola, sobretudo com a região costeira. É costa contra costa, um olha para o outro".

No meu caso Jorge ensinou-me ainda a amar o que não se tem por amável: os seres que habitam nas margens da sociedade, por escolha ou por imposição, e as suas pequenas vidas extraordinárias. Depois de Jorge Amado só vim a encontrar um idêntico amor pelos desvalidos e abandonados, uma atenção por tudo o que os outros esquecem e rejeitam, no poeta Manoel de Barros.

Abandonada a política activa, creio que o que ficou em Jorge Amado desse passado de luta foi precisamente a ternura pelos menos favorecidos: os pobres, os pivetes, as prostitutas, os marinheiros que perderam a graça do mar. Poderíamos dizer que em Jorge Amado a literatura triunfou sobre a política sem todavia perder o ideal.

E se há pouco citei Pepetela não posso agora deixar de trazer até aqui a voz igualmente autorizada de Luandino Vieira: "Com Jorge Amado aprendi a ver o mundo dos oprimidos, dos explorados. Ele me ajudou em minha formação pessoal e literária com a teimosa procura ou presença da beleza, da poesia, mesmo lá onde ela não pode morar, em meio a condições subumanas de existência".

Estranhamente, a literatura brasileira contemporânea parece ter-se desinteressado do universo afro-brasileiro. Na actual ficção brasileira há ainda menos negros e mulatos do que nas telenovelas ou nos órgãos de poder. Algo de semelhante acontecia com o cinema até ao dia em que a *Cidade de Deus* surgiu nos écrans, entusiasmando largos milhões de espectadores no mundo inteiro. O Brasil que um certo Brasil recusa ver foi sempre, na verdade, o Brasil que mais fascinou o resto do mundo. Em parte, suponho, porque esse Brasil mestiço vem preparando e antecipando o futuro do mundo. O mundo olha para o Brasil como quem, diante de um espelho mágico, se busca a si mesmo dentro de algumas décadas. O Brasil — o Brasil do feijão com arroz — inventou aquilo que hoje se chama multiculturalismo, na sua versão integradora, afro-latina, muito antes de que o conceito fosse definido e se tornasse tema de intensos debates.

Nos últimos anos os europeus renderam-se à vitalidade e à originalidade da cultura crioula de matriz africana do Brasil, e em particular da Bahia. Lembro-me de ter assistido em Berlim a um grande encontro de grupos de capoeira provenientes de vários países da Europa. Em Estocolmo ouvi suecos a cantarem samba sem compreenderem uma só palavra do nosso idioma. Vi orixás a dançarem em terreiros de candomblé da periferia de Lisboa e mães-de-santo a jogarem búzios em Barcelona.

Jorge Amado reinventou a Bahia, e essa nova Bahia, enquanto território literário, não cessou de se expandir ao longo das últimas décadas. Nem há melhor demonstração de que a literatura pode contribuir para definir o rosto público de uma cidade do que o caso Amado. Os adolescentes loiros que encontrei em Berlim, a tocarem berimbau e a jogarem capoeira, talvez nunca tenham lido Jorge Amado, mas devem-lhe, ao menos em parte, a descoberta desse desportodança de características únicas. Ao serem apresentados ao escritor baiano hão-de experimentar um sentimento de reencontro, nunca de estranheza.

A identidade não se adquire por nascimento nem tão-pouco se define através de um passaporte. Identidade é algo que se constrói todos os dias, vivendo. Ora, ler é viver sem correr riscos. Quanto a mim sei que me fiz um pouco baiano lendo Jorge Amado. Estou certo de que muitos outros leitores sentem o mesmo.

Em *De como o mulato Porciúncula descarregou seu defunto*, Jorge Amado retoma, num resumo simples e comovente, muitas das suas obsessões, expostas e trabalhadas em livros anteriores.

Vamos encontrar nestas páginas a glorificação das prostitutas e da malandragem, o humor, a ironia, a exaltação dionisíaca, mas tudo isto condensado em poucas linhas. Se Jorge Amado tivesse escrito apenas esta pequena novela não teria deixado obra, claro, mas através dela já seria possível adivinhar o essencial do seu projeto literário.

A novela assemelha-se na sua estrutura a um conto de fadas para adultos. No papel da princesa ingénua temos Maria do Véu, a prostituta. No papel do príncipe (é verdade que um tanto renitente), surge o mulato Porciúncula, sujeito bem-falante, jogador temido, e grande bebedor de cachaça. As restantes prostitutas actuam como fadas madrinhas, passando a noite inteira a costurar o vestido da noiva: "Pois não é que o mulherio todo, do castelo e da rua, cambada de bruacas, cansadas da vida, não era que estavam virando costureiras, cosendo vestido de véu e grinalda? Num instante se juntou dinheiro pra comprar flores, pano arranjaram, renda não sei onde, arranjaram sapato, meia de seda, luva branca, até luva branca! Uma cosia um pedaço, outra pregava uma fita". No final Maria do Véu casa com Porciúncula e são felizes para sempre, depreende-se, sobretudo porque a noiva está morta.

A eficácia da novela reside precisamente na depuração elegante e no facto de se desenhar sobre arquétipos universais. O tom coloquial, de papo de boteco, reforça sua aparente simplicidade e cria um clima encantatório, que arrasta o leitor. Uma história vai dar a outra, como um ribeiro a um rio, até finalmente se lançar na correnteza do drama principal. E como toda a boa história, sabe a pouco.

Obrigado, amado Jorge.

JORGE AMADO

1912–1930

Nasce em 10 de agosto de 1912, em Itabuna, Bahia. Em 1914, seus pais transferem-se para Ilhéus, onde ele estuda as primeiras letras. Aos onze anos, escreve uma redação escolar intitulada "O mar"; impressionado, seu professor, o padre Luiz Gonzaga Cabral, passa a lhe emprestar livros de autores portugueses e também de Jonathan Swift, Charles Dickens e Walter Scott. Em 1925, o menino foge do colégio interno Antônio Vieira, em Salvador, e percorre o sertão baiano rumo à casa do avô paterno, em Sergipe, onde passa "dois meses de maravilhosa vagabundagem". Em 1927, ainda aluno do Ginásio Ipiranga, em Salvador, começa a trabalhar como repórter policial para o *Diário da Bahia* e *O Imparcial* e publica na revista *A Luva* o texto "Poema ou prosa". Em 1928, José Américo de Almeida lança *A bagaceira*, que, segundo Jorge Amado, "falava da realidade rural como ninguém fizera antes". Jorge integra a Academia dos Rebeldes, grupo a favor de "uma arte moderna sem ser modernista". Em 1929, sob o pseudônimo Y. Karl, publica em *O Jornal* a novela *Lenita*, escrita em parceria com Edson Carneiro e Dias da Costa.

1931–1940

Em 1931, Jorge Amado publica seu primeiro romance, *O país do Carnaval*. De 1931 a 1935, freqüenta a Faculdade Nacional de Direito, no Rio de Janeiro; formado, nunca exercerá a advocacia. Jorge se identifica com o Movimento de 30, do qual faziam parte José Américo de Almeida, Rachel de Queiroz e Graciliano Ramos, entre outros escritores preocupados com questões sociais e com a valorização de particularidades regionais. Em 1933, Gilberto Freyre publica *Casagrande & senzala*, que marca profundamente a visão de Jorge. No mesmo ano, casa-se com Matilde Garcia Rosa, e dois anos depois nasce sua filha Eulália Dalila. De 1934 a 1938, é chefe de publicidade da Livraria José Olympio Editora. Jorge enfrenta problemas por sua filiação ao Partido Comunista Brasileiro. É preso em 1936, acusado de ter participado, um ano antes, da Intentona Comunista, e novamente em 1937, após a instalação do Estado Novo. Em Salvador, seus livros são queimados em praça pública.

1941–1945

Em 1941, em pleno Estado Novo, Jorge Amado viaja à Argentina e ao Uruguai, onde pesquisa a vida de Luís Carlos Prestes para escrever a biografia publicada em Buenos Aires, em 1942, sob o título *A vida de Luís Carlos Prestes*, rebatizada mais tarde *O cavaleiro da esperança*. De volta ao Brasil, é preso pela terceira vez e enviado a Salvador, sob vigilância. Colabora na *Folha da Manhã*, de São Paulo, torna-se chefe de redação do diário *Hoje*, do PCB, e secretário do Instituto Cultural Brasil-União Soviética. Em 1942, volta a colaborar em *O Imparcial*, assinando a coluna "Hora da Guerra" até 1945; em 1943 publica *Terras do semfim*, após seis anos de proibição de suas obras. Em 1944, separa-se de Matilde Garcia Rosa. Em 1945, casa-se com a paulistana Zélia Gattai, é eleito deputado federal pelo PCB e seu romance *Terras do sem-fim* é publicado pela editora de Alfred A. Knopf, em Nova York, selando o início de uma amizade que projetaria sua obra no mundo todo.

1946–1950

Em 1946, como deputado, Jorge Amado propõe leis que asseguram a liberdade de culto religioso e fortalecem os direitos autorais. Em 1947, seu mandato é cassado, pouco depois de o PCB ser posto fora da lei. No mesmo ano, nasce João Jorge, o primeiro filho com Zélia Gattai. Em 1948, devido à perseguição política, Jorge exila-se voluntariamente em Paris, sozinho. Sua casa no Rio de Janeiro é invadida pela polícia, que apreende livros, fotos e documentos. Zélia e João Jorge partem para a Europa, para se juntar ao escritor. Em 1950, morre no Rio de Janeiro a filha mais velha de Jorge. No mesmo ano, ele e a família são expulsos da França por causa da militância política e passam a morar no castelo da União dos Escritores, na Tchecoslováquia. Viajam pela União Soviética e pela Europa Central, estreitando laços com os regimes socialistas.

1951–1970

Em 1951, Jorge Amado recebe o prêmio Stálin, em Moscou. Nasce a filha Paloma, em Praga. Em 1952, volta ao Brasil, fixando-se no Rio de Janeiro. O escritor e seus livros são proibidos de entrar nos Estados Unidos durante o período do macarthismo. Em 1954, é eleito presidente da Associação Brasileira de Escritores. Em 1956, desliga-se do PCB. A publicação de *Gabriela, cravo e canela*, em 1958, rende vários prêmios ao escritor e inaugura uma nova fase em sua obra, pautada pela discussão da mestiçagem e do sincretismo. Em 1959, recebe o título de obá Arolu no Axé Opô Afonjá — embora fosse "materialista convicto", admirava o candomblé, que considerava uma religião "alegre e sem pecado". Em 1961, Jorge Amado vende os direitos de filmagem de *Gabriela* para a Metro-Goldwyn-Mayer, o que lhe permite construir a casa do Rio Vermelho, em Salvador, onde viverá com a família de 1963 até sua morte. Ainda em 1961, é eleito para a cadeira 23 da Academia Brasileira de Letras.

1971–1985

Em 1971, Jorge Amado é convidado a acompanhar um curso sobre sua obra na Universidade da Pensilvânia, nos Estados Unidos. Em 1972, a Escola de Samba Lins Imperial, de São Paulo, desfila o tema "Bahia de Jorge Amado". Em 1975, *Gabriela* inspira novela da TV Globo, com Sônia Braga, e estréia o filme *Os pastores da noite*, dirigido por Marcel Camus. Em 1977, recebe o título de sócio benemérito do Afoxé Filhos de Gandhy, em Salvador. No mesmo ano, estréia *Tenda dos Milagres*, filme dirigido por Nelson Pereira dos Santos. Em 1979, é a vez do longa-metragem *Dona Flor e seus dois maridos*, dirigido por Bruno Barreto. A partir de 1983, Jorge e Zélia passam a morar uma parte do ano em Paris e outra no Brasil — o outono parisiense é a estação do ano preferida por Jorge, e, na Bahia, ele não consegue mais encontrar a tranqüilidade de que necessita para escrever.

1986–2001

Em 1987, é inaugurada em Salvador a Fundação Casa de Jorge Amado, marcando o início de uma grande reforma do Pelourinho. Em 1988, a Escola de Samba Vai-Vai é campeã do Carnaval, em São Paulo, com o enredo "Amado Jorge: A história de uma raça brasileira". Em 1992, preside o 14º Festival Cultural de Asylah, no Marrocos, intitulado "Mestiçagem, o exemplo do Brasil", e participa do Fórum Mundial das Artes, em Veneza. Em 1995, recebe o prêmio Camões. Em 1996, alguns anos depois de um enfarte e da perda da visão central, Jorge sofre um edema pulmonar em Paris. Em 1998, é o convidado de honra do 18º Salão do Livro de Paris, cujo tema é o Brasil, e recebe o título de doutor *honoris causa* da Sorbonne Nouvelle e da Universidade

Moderna de Lisboa. Em Salvador, praças e largos do Pelourinho recebem nomes de personagens de seus romances. Após sucessivas internações, Jorge Amado morre em 6 de agosto de 2001.

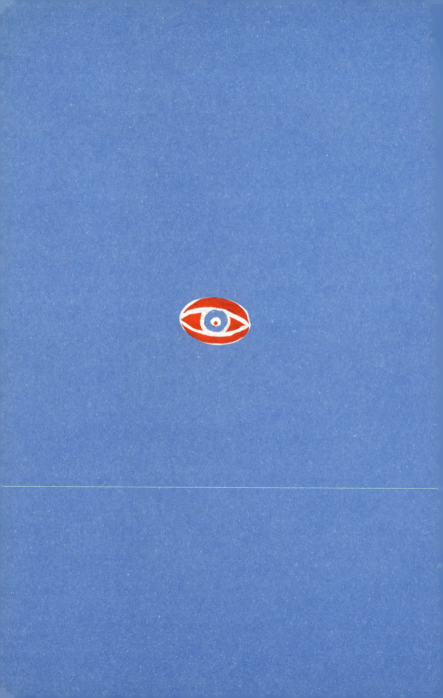

ANDRÉS SANDOVAL nasceu no Chile em 1973 e veio para o Brasil com a família aos três anos de idade. Formou-se em arquitetura pela Universidade de São Paulo em 1999. É ilustrador desde 2001, tendo participado da Bienal de Ilustração da Bratislava (Eslováquia) e do Salão do Livro de Montreuil (França). Desde 2006 ilustra a seção "Esquinas" da revista *Piauí*. Em 2007 e 2008 expôs na galeria Gravura Brasileira e na Florence Antonio uma série de objetos de papel articulados. Ilustra livros para diversas editoras, entre elas Língua Geral, Girafa, 34, Companhia das Letras e Cosac Naify.

JOSÉ EDUARDO AGUALUSA nasceu em Huambo, Angola, em 1960. Estudou silvicultura e agronomia em Lisboa. Entre seus romances mais importantes estão *Nação crioula* (1997), *Um estranho em Goa* (2000) e *O ano em que Zumbi tomou o Rio* (2002). Escreveu também novelas, contos, poemas e peças de teatro. Seus livros estão traduzidos para dezesseis idiomas. É membro da União dos Escritores Angolanos e divide o seu tempo entre Angola, Portugal e Brasil. Em 2006 fundou, com Conceição Lopes e Fatima Otero, a editora brasileira Língua Geral, dedicada a autores de língua portuguesa.

MARIANA AMADO COSTA nasceu no Rio de Janeiro em 1972. É neta de Jorge Amado. Viveu no Maranhão, em Brasília, Paris e Roma. De volta ao Brasil, fixou-se no Rio de Janeiro. Formou-se em jornalismo pela ECO-UFRJ. Hoje mora no interior de São Paulo.

COLEÇÃO JORGE AMADO

Conselho editorial

Alberto da Costa e Silva

Lilia Moritz Schwarcz

O país do Carnaval, 1931

Cacau, 1933

Suor, 1934

Jubiabá, 1935

Mar morto, 1936

Capitães da Areia, 1937

ABC de Castro Alves, 1941

O cavaleiro da esperança, 1942

Terras do sem-fim, 1943

São Jorge dos Ilhéus, 1944

Bahia de Todos os Santos, 1945

Seara vermelha, 1946

O amor do soldado, 1947

Os subterrâneos da liberdade

   Os ásperos tempos, 1954

   Agonia da noite, 1954

   A luz no túnel, 1954

Gabriela, cravo e canela, 1958

De como o mulato Porciúncula descarregou seu defunto, 1959

Os velhos marinheiros, 1961

A morte e a morte de Quincas Berro Dágua, 1961

Os pastores da noite, 1964

O compadre de Ogum, 1964

Dona Flor e seus dois maridos, 1966

Tenda dos Milagres, 1969

Tereza Batista cansada de guerra, 1972

O gato malhado e a andorinha Sinhá, 1976

Tieta do Agreste, 1977

Farda, fardão, camisola de dormir, 1979

O milagre dos pássaros, 1979

O menino grapiúna, 1981

A bola e o goleiro, 1984

Tocaia Grande, 1984

O sumiço da santa, 1988

Navegação de cabotagem, 1992

A descoberta da América pelos turcos, 1992

Hora da Guerra, 2008